La création, Poëme, traduit en vers français de l'hébreu du Rabbin Salomon, fils de Gabirol, suivi d'un hym. à l'éternel, traduit du même auteur par J. M. Moline

Paris, 1809

LA CRÉATION.

De l'Imprimerie de P. N. Rougeron, rue de l'Hirondelle,
Hôtel Salamandre, N.º 22.

LA CRÉATION,

POËME,

Traduit en vers Français de l'Hébreu du
Rabbin SALOMON, fils de Gabirol,

SUIVI

D'un Hymne à l'Éternel, traduit du même
Auteur ;

PAR J. C. MOLINE.

PRIX : 3 francs.

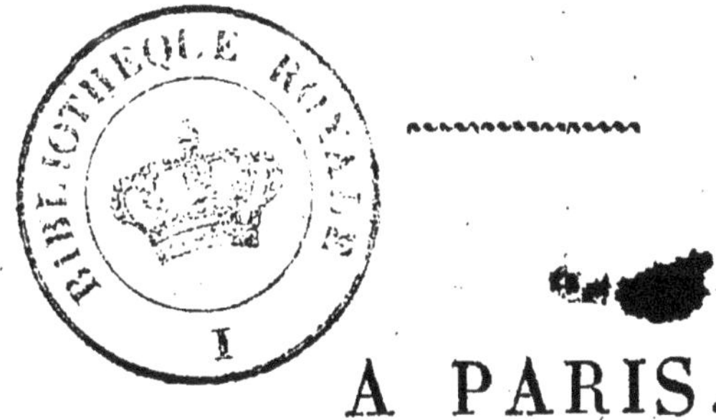

A PARIS,

Chez LÉOPOLD COLLIN, Libraire, Rue
Gît-le-Cœur, N.° 4.

1809.

Nota. Le Traducteur a changé le titre
de ce Poëme intitulé : QUETER MALCHOUT
ou *Couronne du Royaume*, en celui de
LA CRÉATION, comme plus conforme au
sujet, et pour l'intelligence des Lecteurs.

AVANT-PROPOS.

De tous les peuples le plus persécuté et le
plus savant, ce fut le peuple Juif. C'est cette
même persécution qui lui donna tant d'é-
clat, et ces mêmes lumières qui causent aujourd'hui son obscurité. Tout homme judi-
cieux en découvrira facilement la raison ; et
sans ces deux motifs, peut-être oublieroit-on
aujourd'hui l'origine de ce peuple qui a tenu
les premières annales du monde. La persécution rend quelquefois éclatant ce qui est obscur ; elle sert à perpétuer la haine et la pitié ;
la haine pour l'objet dont les vertus blessent,
et la pitié pour l'objet malheureux. Il ne
faut donc pas s'étonner que les Juifs aient
puisé dans leur persécution ce zèle ardent
pour leur foi, cette doctrine , dont la vérité
leur attira tant d'ennemis , beaucoup d'ap-
probateurs, peu de prosélytes, mais aussi qui
augmenta leur gloire. Venons au second
point. J'ai dit que leurs lumières sont la cause
de leur obscurité ; en voici la raison : comme

ils furent le premier peuple de l'univers, ils donnèrent nécessairement les premières idées des sciences. Leurs successeurs étrangers en profitèrent et en agrandirent tellement le domaine, que la source en fut presqu'oubliée. Côtoyez pendant quelque temps le lit d'un fleuve naissant ; le lit de ce fleuve vous paroît plus large à mesure que vous avancez : bientôt perdant de vue le point dont il est parti, vous le voyez confondre ses eaux avec celles des immenses mers, et tout entier à ce spectacle, vous oubliez que, sans la source que vous avez vue, ce fleuve n'existeroit point sur la terre. Il en est ainsi des Juifs et des peuples qui vécurent après eux.

Tout le monde connoît les Pseaumes de David, les Lamentations de Jérémie, les ouvrages de Job, de Salomon, du sublime Isaïe et de tant d'autres rabbins ou prophètes qui tiennent un rang honorable après eux. Quand même les Juifs n'auroient eu d'écrivain que David, David eût suffi pour les illustrer. J. B. Rousseau avoue lui-même dans la Préface de ses œuvres que c'est depuis qu'il travailloit à la traduction des Pseaumes qu'il

a connu ce qu'on appelle enthousiasme. « Où
« peut-on trouver ailleurs que dans les Pseau-
» mes, s'écrie-t-il, rien de plus divin et où l'ins-
» piration se fasse mieux sentir, rien, dis-je,
» de plus propre à remuer l'esprit et en même
» temps à enlever le cœur ». Si Rousseau, qui
ne savoit point l'hébreu, nous émeut tant à la
traduction qu'il en a faite d'après le latin,
quelle impression ne doit pas faire sur nous
l'original, si nous pouvons y lire ! David
s'abandonne au génie qui l'entraîne, sans
toutefois s'écarter de la sagesse. Salomon est
l'élégance et la sagesse toute entière. Il est
tour à tour philosophe et poète. Jamais il ne
s'éloigne de la route qu'il s'est tracée pour
arriver au cœur. Isaïe, par ses élans impé-
tueux et sublimes, entraîne avec lui l'imagination et nous fait partager son délire. Tantôt, comme Pindare, il s'élève ou il s'abaisse,
mais sans perdre son ascendant, ni quitter le
ton prophétique. Si le siècle où vécut Isaïe
eût été organisé comme le nôtre, Isaïe eût
fait un excellent poète tragique. Personne ne
peint mieux que lui les fortes passions et ne
sait mieux l'art de remuer les cœurs. Job tou-

jours souffrant nous fait partager ses souf-
frances; Jérémie nous attendrit au récit de
ses Lamentations, dont on a fait le mot français *Jérémiades*, appliqué à ceux dont la
douleur est comique, ou aux auteurs qui en-
flent ridiculement leurs expressions dans des
sujets tristes.

Parmi les poètes distingués dont peuvent
s'honorer les Juifs, le rabbin Salomon, fils
de Gabirol, est un de ceux qui marchent le
plus près des grands modèles. Il réunit la sagesse à l'élégance, l'élégance à la grandeur
des idées, la grandeur des idées à la poésie,
et la poésie à la plus brillante imagination.
Saisi de la même admiration que Rousseau
traduisant les Pseaumes, je me suis proposé
de mettre en vers français l'ouvrage du rabbin Salomon intitulé : *Queter Malchout*, ou
Couronne du Royaume, parce que non seu-
lement on y trouve des connoissances profondes, mais encore des remarques curieuses
à recueillir. Voici l'aperçu qu'en a fait Venture son traducteur : «Ce *Queter Malchout*
» est composé dans un style poétique très-
» élégant, et quoique son système d'astro-

» nomie ne s'accorde point avec le moderne,
» et que la grandeur et le cours des planètes
» diffèrent beaucoup de ce que l'on croit au-
» jourd'hui, il ne s'éloigne point du but de
» l'auteur, parce qu'on ne laisse point d'y
» reconnoître la magnificence et la puissance
» de son créateur, encore qu'il fût tel qu'il
» le représente, son intention ayant été de
» faire connoître les œuvres de son créa-
» teur et non un système d'astronomie. Il y
» démontre la grandeur de Dieu et sa toute-
» puissance dans la création de l'univers, de-
» puis son commencement jusqu'à la chute
» de l'homme. Il y fait apercevoir l'excellen-
» ce, la spiritualité et la pureté de notre ame,
» en la mettant au rang des intelligences cé-
» lestes ; il y observe la matérialité de notre
» corps, ses foiblesses, sa fin et sa corrup-
» tion. Il l'exhorte au repentir, et il finit son
» poëme en se repentant lui-même de ses
» fautes, et en faisant l'aveu de son néant ».

Quelles que soient les fautes qu'on remar-
que dans la traduction de Venture, il n'en est
pas moins un homme recommandable ; on
ne sauroit trop le louer sur-tout d'avoir entre-

pris une traduction aussi pénible que celle des Prières de l'année ; mais elle ne peut être entendue de tous les lecteurs étrangers, puisque Venture ne paroît travailler que pour les Juifs (1). C'est pourquoi pensant que je ne ferois point mal de donner une idée d'un poëme que beaucoup de monde ignore, et des traits remarquables qui le distinguent, j'ai entrepris une traduction libre de cet ouvrage : je dis traduction libre, car mon but n'a pas été de traduire littéralement, mais d'assortir l'épopée hébraïque à l'épopée française. J'avouerai même que la traduction de Venture, qui passe pour une des meilleures et des plus fidèles, m'a été d'un grand secours. J'ai aussi une obligation infinie aux respectables et savans rabbins, Cologna et Spire.

Ce poëme réunit dans l'original la profondeur des pensées à la beauté de la poésie : cependant son systême d'astronomie s'éloi-

---

(1) C'est ainsi qu'il intitule son Livre : Prières des jours de Ros-Haschana et du jour de Kippour, à l'usage des Juifs portugais ou espagnols.

gne tellement du nôtre, quoique l'époque de la mort de son auteur ne soit point si reculée, (1) qu'on ne sauroit trop en donner la raison. Je me bornerai à dire que Salomon fait le soleil cent soixante et dix fois plus grand que la terre, tandis qu'à présent son diamètre est évalué à 319397 lieues, à raison de 2283 toises la lieue. Par conséquent la masse solaire est quatorze cent mille fois plus grosse que celle de la terre (2). L'énorme différence qui se trouve entre ces deux calculs peut venir des lunettes d'approche qui n'étoient pas alors dans leur entier perfectionnement, ou peut-être le rabbin Salomon, assez instruit pour reconnoître ses erreurs, les sacrifioit volontiers à son respect pour un systême sacré et immémorial qu'il ne vouloit point changer, puisque son intention n'étoit que de faire un poëme. Cependant aux

---

(1) Il vivoit l'an 4830 de la création du monde, qui correspond à 1070 de l'ère chrétienne.

(2) Théorie ou Systême du Monde, de la Sphère et du Globe terrestre, par Pierre d'Olivier, professeur recommandable par ses connoissanses. Cette Théorie peut servir d'introduction à l'étude de la géographie.

endroits de ma traduction où il est parlé des planètes, j'ai placé des notes instructives sur ces mêmes astres, considérés maintenant sous un autre point de vue, en faisant connoître les lieues et les degrés qui les rendent différens de ce qu'ils étoient jadis. J'ai ajouté à la fin du poëme une hymne du même auteur. Salomon se montre à la fois dans ses ouvrages poète sublime et philosophe austère. Parle-t-il des anges? les couleurs les plus vives et les plus brillantes ne sauroient rendre l'éclat de ses pinceaux. Parle-t-il de la mort? Young n'a point de couleurs plus noires : mais Young afflige fortement l'ame sans la consoler, et le fils de Gabirol la console, tout en la désespérant.

LA CRÉATION.

Sublime Créateur d'une œuvre magnifique,
D'un mortel qui t'adore accepte le Cantique.
Environné d'éclat, de gloire et de grandeurs,
Dispensant à ton gré les biens et les honneurs ;
Plus grand que tous les rois ornés d'une couronne,
Tu tiens entre tes mains leur puissance et leur trône,
Et les êtres formés de la terre, du ciel,
Attendent leur néant : Dieu seul est immortel.
Du voile qui le couvre, ô mortel téméraire,
En vain tu veux percer la nuit et le mystère :
Qui pourroit pénétrer l'esprit intelligent,
Ce nom impénétrable où se perd le savant,
Cette force inconnue, et la cause première
Qui sert de fondement à la nature entière ?
A sa voix l'univers a roulé sans appuis.
Les secrets éternels de ses mains sont sortis.
Ce Dieu fait éprouver ses bienfaits, sa clémence,
A l'humble adorateur de sa toute-puissance.
Ce trône radieux qui n'a point de hauteur,
Qu'aux cieux les plus cachés plaça le Créateur ;

Son immortalité, ces torrens de lumières,
Dont jouit le mortel, ces augustes mystères
Que nous dérobe un voile impénétrable, obscur,
Aux yeux les plus perçans, à l'esprit le plus pur,
Grand Dieu, tels sont tes biens; ainsi que ces deux mondes
Dont ta main partagea les limites profondes;
L'un pour les châtimens réservés aux forfaits,
L'autre pour les vertus qu'appellent tes bienfaits;
Ce prix de l'ame juste, et destiné pour elle,
Doit un jour couronner l'homme à ta loi fidelle.
De tout nombre possible un est le fondement:
L'Etre Eternel est un, mais sans commencement.
Sa secrète unité, que rien ne diminue,
Sans jamais augmenter, est toujours continue:
Loin de prendre à nos yeux la forme de calcul,
Il est un, près de lui tout chiffre devient nul:
Rien n'en pourroit fixer l'idée ou la limite.
Homme, retiens ta langue, et règle ta conduite?
Adresse ta louange au Dieu, dont l'unité
N'est pas un mot obscur en sa borne arrêté,
Mais un esprit réel d'éternelle durée,
Un point dont l'excellence est par-tout consacrée.
L'Eternel est vivant; en vain mes foibles yeux
Ont sur son existence interrogé les cieux;

En vain de questions ma langue embarrassée
N'exhala que des mots sur ma lèvre pressée ;
Il existe en lui seul, et cet unique Dieu
Invisible, par-tout, sans être en aucun lieu,
Plus ancien que le temps, plus ancien que le monde,
Cache son existence à jamais si profonde.
Il existe, et son temps n'est fixé, ni connu ;
Ce n'est point un esprit dans un corps retenu ;
Son tout n'est que splendeur, n'est qu'immortelles flammes,
Et son ame adorable est la source des ames.
Il vit sans ressembler au périssable humain
Que les vers mangeront, dont un souffle est la fin.
Heureux qui peut atteindre à ses divins mystères !
Quittant d'un vol altier les demeures vulgaires,
Des délices du ciel goûtant le prix vanté,
Ses beaux jours s'étendront comme l'éternité.
Il est grand ; devant lui les grandeurs disparoissent :
Les célestes esprits, les cieux même s'abaissent.
L'objet le plus parfait devient défectueux.
Pour un être si haut comment former des vœux.
C'est à lui qu'appartient cette force terrible,
Inébranlable au temps et toujours invincible.
Ces superbes palais, ces travaux de nos mains
Peuvent-ils approcher des ouvrages divins

Du Seigneur qui pardonne au temps de sa colère ;
Qui jamais au pécheur ne se montre sévère ,
Dont la miséricorde et les bienfaits divers
Pour chaque créature emplissent l'univers ,
C'est le rayon divin , c'est la vive lumière
Que verra l'homme pur , terminant sa carrière ,
Quand loin de ses regards , honteusement cachés ,
Sous leur nuage obscur gémiront les péchés.
C'est le flambeau céleste éclairant l'autre monde,
Que dérobe à nos yeux la nuit la plus profonde ;
Et mon esprit ardent à chercher sa clarté ,
Déçu de son espoir , trois fois s'est arrêté.
Dieu des Dieux , prosternant devant toi leur visage
Tu vois les nations t'adresser leur hommage ;
Mais si des insensés à d'autres Dieux que toi
Elevant des autels , engagèrent leur foi ,
Ils pensoient adorer l'auteur de la nature ,
Si leur cœur s'est trompé, leur ame est toujours pure.
Comme l'aveugle errant , sur le bord d'un fossé
Ou dans un puits profond en sa marche poussé ,
Pense suivre toujours une route connue ;
Ainsi dans ses désirs se croyant parvenue,
Sur un dessein détruit bâtissant un dessein,
L'ame humaine s'égare et se fatigue en vain.

Mais les fils d'Israël marchent à ta lumière,
Ne s'écartant jamais de la droite carrière,
Et du palais du roi gagnant le saint parvis,
Ils entrent à nos yeux éperdus et ravis.
Dieu règne. A ses côtés préside la puissance ;
Son nom est des humains la force et l'espérance.
Unité, déité, divine éternité,
Composent du Seigneur l'auguste vérité.
Ces noms peuvent changer : il est toujours le même :
C'est à lui qu'appartient la science suprême ;
Cette source de vie émane de son sein,
Et le plus éclairé près d'elle l'est en vain.
Depuis l'éternité, sur son trône nourrie,
De lui seul elle tient sa lumière chérie.
Et de sa volonté le signe ordonnateur
Fit jaillir du néant le germe créateur,
Comme sans nuls ressorts des yeux, miroirs de l'ame,
Jaillissent les rayons d'une subtile flamme.
A sa puissante voix le cahos s'entrouvrit,
Et l'univers naissant alors se découvrit.
Des sphères rassemblant la cohorte enflammée,
Dans les cieux mesurés il plaça leur armée ;
De la création il touche le rideau ;
Il l'agite, que vois-je ! ô prodige nouveau !

Ses deux bords opposés, du doigt suivant la trace,

Se rapprocher, s'unir, former une surface.

Qui pourroit annoncer ton nom et ta grandeur !

Du globe divisé tu fixas la hauteur ;

Et la terre et les mers, séparant leurs limites,

Se tinrent aussitôt dans des bornes prescrites :

L'air entoura les eaux et le séjour mortel ;

De lui-même le feu se plaça près du ciel ;

Et ces quatre élémens, sortis de la matière,

N'ont toujours reproduit qu'une source première.

Ton bras, premier principe, auteur du mouvement,

Sur la sphère du feu plaça le firmament. (1)

C'est là que dans sa marche avançant d'heure en heure,

La Lune, astre des nuits, a fixé sa demeure,

Et parcourant les cieux, après vingt et neuf jours, (2)

Rentre dans sa limite, et termine son cours.

_____

(1) Salomon, fils de Gabirol, admet dix cieux. Ptolomée, dans son système, en admet dix aussi ; 1.º celui de la Lune, 2.º de Vénus ; 3.º du Soleil ; 4.º de Mars ; 5.º de Jupiter ; 6.º de la Terre ; 7.º de Saturne ; 8.º du Firmament ; 9.º et 10.º du premier et second Cristallin, ainsi nommés, parce qu'on croyoit alors la matière des cieux claire et transparente comme du cristal. On pourroit dire onze, puisqu'il en admet encore un, comme le siége de la divine intelligence. Ptolomée Philadelphe, fils et héritier de Ptolomée Soter, l'un des généraux d'Alexandre, composa un Système sur la Théorie des étoiles.

(2) La Lune fait son cours en 29 jours 12 h. 44 m. 2 s.

Elle est simple en secret et profonde en mystère ;
Trente neuf fois son corps (1) est moins grand que la terre.
Son orbe chaque mois décrit les biens divers
Et les calamités qui troublent l'univers :
Aux fils de l'homme enfin cet astre fait connoître
Le pouvoir de son Dieu, de son roi, de son maître.
Des fêtes, des saisons, elle règle le temps,
Et calcule les jours dans le cercle des ans :
Dominant dans les airs la nuit silencieuse,
Elle fuit au lever de l'aube matineuse.
Dans les nœuds du dragon la quatorzième nuit
Rencontrant sur ses pas le Soleil qu'elle suit,
Elle-même elle voit sa planète éclipsée :
Ce prodige étonnant révèle à la pensée,
Que malgré leur pouvoir, les déités du ciel
Ont un roi comme nous, un juge, L'ÉTERNEL :
Que ce juge à son gré les abat, les élève.
De sa chute bientôt cet astre se relève ;
Et sur la fin du mois, arrivé près des nœuds,
Traçant dans l'écliptique un cercle lumineux,
Rencontre le Soleil volant en sa carrière,
Et l'éclipse à son tour de toute sa lumière.

____

(1) La Lune est le $\frac{1}{55}$ de la Terre.

La puissance en effet, le droit de royauté,

N'appartient à nul ange, à nulle déité;

Mais au seul Roi des rois, au Dieu maître du monde,

Qui peut de leur clarté faire une nuit profonde.

Mais vous qui du Soleil adorez la splendeur,

Mortels, ouvrez vos yeux, abjurez votre erreur,

Et sachez que ce Dieu dont la seule pensée

Peut ravir au Soleil sa lumière effacée,

Enlever le pouvoir, le rendre tour à tour,

Mérite des humains et le culte et l'amour.

Qui pourra du Seigneur pénétrer le mystère!

Au second firmament il anime une sphère,

Mercure (1) qui, suivant d'irrévocables lois,

Au point qu'il a décrit reparoît en dix mois.

---

(1) Le *seffer hischira*, composé par le patriarche Abraham, renferme la description des sept planètes et de tous les élémens; ce qui nous prouve que les Grecs n'ont pas seuls inventé les noms de Mercure, Mars, Jupiter, Saturne, etc., avec les dénominations qu'on attribue à chacune de ces Divinités, puisqu'Abraham en parle le premier, et qu'il vivoit avant eux. On raconte ce fait de lui. Il n'avoit pas dix ans, qu'il possédoit un esprit surnaturel pour son âge. Ayant vu son père prosterné devant plusieurs statues, auxquelles il rendoit hommage, il s'étonna que plusieurs Dieux régnassent ensemble sans querelle. Voulant lui faire voir qu'il se trompoit en leur adressant des vœux, il attendit qu'il sortît. Le jeune Abraham commença par abattre la tête à tous ces Dieux, et mit une hache entre les mains du plus apparent qu'il

C'est

C'est lui dont l'influence entraîne aux perfidies (1),

Aux haines, aux procès, aux noires calomnies,

Suscite la pensée et le don d'acquérir ;

Par elle le mortel apprend à s'enrichir ;

Et des arts, des métiers, concevant l'industrie ,

Par les plus doux emplois sait occuper sa vie.

Dans un troisième ciel il a placé Vénus

Comme un Archange brille au milieu des élus ,

Ou telle que l'épouse, à son époux livrée,

De ses plus beaux atours à ses yeux s'est parée.

Onze mois dans les cieux elle règne en son cours (2) ,

Elle tient en ses mains le bonheur de nos jours.

---

laissa intact. Apostrophé par son père sur la cause de ce désordre : « Voyez , répondit-il , comme le pouvoir de l'Eternel se manifeste ! Il ne veut point souffrir près de lui des Dieux de terre et de bois , puisqu'il est le seul qui ait créé l'univers. Si les autres sont des Dieux véritables , ils n'ont qu'à venger cet affront ».

Loin de recevoir le prix d'une franchise aussi surprenante , il éprouva tout le courroux de son père. Ce dernier alla le dénoncer , et Abraham , pour se mettre à couvert du ressentiment de la justice , se cacha pendant long-temps.

(1) Selon le système de Copernic , Mercure fait son cours en trois mois ou en deux mois 27 j. 23 h.

(2) Au rapport des astronomes et d'après leurs observations réitérées , Vénus fait son cours en sept mois 7 j. 18 h. et selon le système de Copernic en sept mois et demi.

La paix, les ris, les chants, l'hymen et l'allégresse
Sont les fruits que du ciel nous verse sa tendresse ;
Elle engraisse les champs, et préside aux moissons
Que le flambeau du jour mûrit de ses rayons.
Adorons du Seigneur la puissance suprême,
Quand ceignant au Soleil un brillant diadême,
Au quatrième ciel qu'il daigna découvrir,
Du monde il lui fixa le globe à parcourir.
Ose-t-on le nier ? le cercle de sa sphère
Cent soixante et dix fois est plus grand que la Terre(1).
Des étoiles, au pole en son cours emporté,
Il répand en tous lieux la vie et la clarté.
Lui seul dans l'univers fait naître ces merveilles
Dont d'étonnans récits ont frappé nos oreilles,
Il donne aux souverains le droit de commander,
De leur pouvoir, s'il veut, peut les déposséder,
Par-tout devant son char fait marcher la victoire,
Dispense les lauriers, et le sceptre, et la gloire ;
Mais humble devant Dieu dont il connoît la voix,
Chaque jour à ses pieds se prosterne une fois.

---

(1) D'après le rapport de plusieurs savans observateurs, le diamètre du Soleil est cent fois celui de la Terre ; donc, on peut conclure que son globe contient un million de fois celui de la Terre.

Le matin se levant de l'aube orientale,

Il finit de remplir son immense intervalle ,

Avant de s'effacer, s'incline à l'occident,

Pour renaître à nos yeux plus fier et plus brillant.

Des heures décrivant l'aiguille limitée ,

Il fait germer les fruits de la terre humectée ,

Et sur l'ombrage frais répandant sa chaleur ,

Dès bienfaits d'Orion (1) nous verse la douceur.

Du nord pendant six mois échauffant l'atmosphère ,

Il ranime les eaux et pénètre la pierre,

Et dans l'air enflammé par son rapide cours ,

Arrive jusqu'au point où s'augmentent les jours (2).

Mais bientôt achevant le cercle de l'année ,

Il franchit du midi la barrière étonnée ,

Pendant six mois encore en parcourt les pays,

Jusqu'aux lieux où les jours font place aux longues nuits.

---

(1) Orion est une des constellations méridionales , composée de trente-huit étoiles, selon Ptolomée, et de soixante-deux , selon Képler. Elle est facile à remarquer ; elle a trois étoiles en ligne droite à sa ceinture , deux autres grandes sur les deux épaules du côté du nord , et deux autres dans ses deux pieds (*Usage des Globes Célestes et Terrestres , par Bion, ingénieur-géographe du roi*).

(2) Pole arctique, dont les habitans ont six mois de jour, comme ceux du pole antarctique ont six mois de nuit.

Des rayons du Seigneur sa lumière sortie

Nous frappe, et cependant n'en est qu'une partie,

Comme on voit en tout temps l'éclat du serviteur

De son maître annoncer la gloire et la grandeur.

Cependant au milieu des globes qu'il éclaire,

La Lune que partage et l'ombre et la lumière,

S'éloignant du Soleil d'un cours précipité,

Voit par l'éloignement augmenter sa clarté,

Jusqu'au temps où par lui pleinement éclairée,

Et du quinzième jour achevant la durée,

Son orbe s'en rapproche; et son éclat perdu

Avec l'ombre et la nuit demeure confondu;

Enfin le mois expire, elle entre en sa limite.

Quelquefois du Soleil la rencontre subite

Dérobe sa lumière aux regards curieux;

Mais son disque, bientôt brillant et radieux,

Sort de la nuit, ainsi que l'épouse nouvelle

De son lit nuptial sort plus fraîche et plus belle.

Dans un cinquième ciel la main du Créateur

Plaça Mars comme un roi d'imposante grandeur.

Dix-huit mois il décrit une route enflammée (1).

Tel un guerrier farouche au milieu d'une armée,

---

(1) Selon le système de Ptolomée, Mars fait sa révolution en deux ans ; selon le nouveau, en un an 521 jours 22 h.

Tel son orbe rougeâtre, augure des combats,

N'éclaire que les morts et les assassinats,

Décolore les fleurs, fait sécher la verdure,

De tonnerres, d'éclairs, ébranle la nature,

Et ministre du mal, par les plus affreux traits

Encourage à la fois le meurtre et les forfaits.

D'un ciel plus élevé parcourant l'atmosphère,

Soixante et quinze fois plus vaste que la Terre (1),

Jupiter en douze ans règle son juste cours;

Il aime les vertus, préside aux heureux jours,

Des moissons de l'année augmente l'abondance,

Fait craindre le Seigneur, précède sa clémence,

Règle les différends, prête sa force aux lois,

Et de Dieu, pour juger, semble emprunter la voix.

Qui pourroit du Seigneur pénétrer la pensée ?

Une septième sphère est dans les cieux placée;

Saturne, qui roulant dans le cercle des mois,

De son cours en trente ans suit les exactes lois.

Quatre-vingt-onze fois (2) plus vaste que la Terre,

Il suscite le trouble, et se plaît à la guerre.

---

(1) Jupiter, selon Ptolomée, emploie douze ans à faire son cours; selon nous, onze ans 313 jours 17 h.

(2) Selon Ptolomée, Saturne fait son cours en trente ans, et selon nous, en vingt-neuf ans 155 jours 8 h. Son corps est 2,086 fois plus gros que celui de la Terre.

Par l'ordre du Seigneur réglant sa volonté,

Il annonce le deuil et la captivité ;

Et des pays détruits renversant l'espérance ,

Répand en tous les lieux sa terrible influence.

Dans un huitième ciel douze signes égaux

Brillent au Zodiaque et règlent leurs travaux.

En ce cercle brillant nos yeux voient réunies

Cet innombrable essaim d'Etoiles infinies ,

Et dont le cours prescrit trente-six fois mille ans

Agit et se partage en emplois différens (1);

Leur globe sept cents fois (2) est plus grand que la Terre.

L'Éternel à chacune assigne un ministère ,

Et des signes du ciel l'homme et les animaux

Reçoivent l'influence et des biens et des maux.

Dieu, qui peut pénétrer tes démarches secrètes ?

Ta main au Zodiaque attacha les Planètes.

---

(1) Le mouvement propre des Etoiles fixes se fait d'occident en orient , suivant des cercles parallèles à l'écliptique. Ce mouvement est très-lent ; car elles sont environ soixante-dix ans pour faire un degré, de sorte qu'il leur faut près de vingt-cinq mille ans pour achever leur révolution entière (*Crozat., Abrégé de la Sphère*).

(2) C'est une absurdité ; car comment le globe des Etoiles peut-il être sept cents fois plus gros que la Terre, pendant que celui du Soleil ne l'est que cent soixante et dix fois , selon Salomon.

Là le Bélier placé par ton secours puissant
Voit partager sa force au Taureau mugissant ;
Là brillent les Gémeaux, dont l'amitié fidèle
De deux frères unis retrace le modèle ;
Là s'offre le Cancer, la Vierge, le Lion,
Que suivent la Balance et le noir Scorpion.
Ici le Capricorne, et le fier Sagittaire
Ajustant à son arc une flèche légère ;
Enfin au dernier rang paroissent les Verseaux ,
Et les Poissons fermant et rouvrant les travaux.
Qui pourroit dignement célébrer ta puissance ?
Dans un neuvième ciel est une sphère immense ,
Où ces globes errans dans le vide jetés
De l'aurore au couchant sont par elle emportés.
Sa tête chaque jour vers l'occident tournée ,
Te fixe , t'élit roi , s'arrête prosternée.
Tel du vaste Océan l'imposante grandeur
Près de l'humble ruisseau dont l'œil suit la longueur ,
Telle à nos yeux sa gloire et sa magnificence
De tous les immortels surpasse la puissance ;
Mais devant un rayon du Dieu qui la conduit ,
Sa grandeur disparoît , et son éclat s'enfuit.
Au dessus entouré d'une flamme immortelle ,
Brille un dixième ciel , ta demeure éternelle ;

Rien n'en trouble la paix, et son immensité
Parmi ses profondeurs cacha la vérité.
C'est là qu'est ton palais, ta main mystérieuse
Posa sur le secret sa base merveilleuse.
C'est de là qu'invisible aux profanes humains,
Tu dictes en tous lieux tes ordres souverains.
Du palais que soutient une colonne sainte
La Justice affermit et protége l'enceinte ;
Elle est en toi, sans cesse y doit être toujours,
Ne vivra qu'avec toi, pour toi, par ton secours.
D'un rayon de ta gloire aussitôt animée,
Des Anges s'éleva la séraphique armée.
D'une arme flamboyante ils hérissent leurs mains,
Prêts d'obéir sans cesse à tes ordres divins.
Ils partent en volant du lieu de la lumière
Où, dans ton temple auguste, où loin de sa barrière,
Et toujours agités, sans jamais être las,
D'un céleste étendard suivent chacun les pas.
Invisibles, les uns n'ont de vivant que l'ame ;
D'autres sont des éclairs et brûlent de leur flamme ;
Ceux-ci des généraux, des soldats vigoureux,
Des ministres prudens et des princes fameux.
Élevés par millions aux sublimes demeures,
De la nuit et du jour leurs chants marquent les heures,

Et

Et tous, silencieux, tremblans à ton aspect,

Disent en s'inclinant ces mots pleins de respect :

« Oui, tu nous as créés pour chanter tes louanges :

» Nous sommes tes sujets : et la bouche des anges

» De ce fait inouï maintient la vérité,

» Nous te reconnoissons de toute éternité ».

De tes œuvres, grand Dieu, qui perdroit la mémoire ?

Au dessus tu créas le trône de ta gloire,

Fondement de tout être, et dont l'esprit humain

Ne pourra pénétrer la naissance et la fin.

Plus haut s'élève encore un trône où la puissance

Pèse le monde entier et l'homme en sa balance,

Et quel être en idée oseroit y monter,

Sans qu'une sombre nuit ne vienne l'arrêter ?

Au dessous est un siége où l'ame pure et sainte

Des délices du ciel goûte le fruit sans crainte,

Et de sa pureté reçoit le prix heureux.

Le mortel accablé sous des revers affreux,

A l'instant qu'il n'est plus, sent sa force renaître,

Et devant le miroir sans trouble va paroître.

C'est là qu'envisageant la face du Seigneur,

Il pourra de ses yeux soutenir la splendeur,

Qu'au sein de son palais, à sa divine table,

Il se régalera de son fruit délectable.

Voilà le fruit suprême et le repos du ciel,
C'est le pays où coule et le lait et le miel.
O spectacle étonnant, adorable merveille,
Et dont mille récits ont frappé mon oreille !
Quand tu fis dans le ciel ces asiles secrets,
Où le mortel pieux jouit de tes bienfaits,
Où le pécheur, dont l'ame est triste et repentante,
A l'espoir du salut peut mettre son attente,
Où l'impie, enfermé dans des lieux infernaux,
Voit des feux éternels renouveler ses maux ;
C'est là que du Seigneur réside la colère,
Que la nuit se confond à l'horrible lumière,
Que d'affreux tourbillons, des fléaux, des vapeurs,
Des tremblemens soudains, rassemblent leurs fureurs ;
Et ces lieux séparés, qu'éleva ta justice,
Sont le prix des vertus et la peine du vice.
Des rayons glorieux de ta divinité
Tu créas l'ame enfin semblable à ta clarté,
Et lui soufflant le feu de ton intelligence,
Instruisis sa raison dans ta pure science.
Du corps tu la rendis l'arbitre et l'instrument,
Pour fixer de ses pas le moindre mouvement.
Quoique du feu sacré tirant son origine,
Elle agit dans le corps sans causer sa ruine,

Puisque la même main qui tous deux les forma ,
De la flamme céleste aussi les anima ,
Limitant le savoir de l'ame intelligente ,
Tu la fis à la fois immortelle et savante:
Si le péché la souille , et sa vertu s'endort ,
Son immortalité souffre plus que sa mort.
Du Seigneur à l'écart supportant la colère
Loin du temple elle ira languir en sa misère
Jusqu'au jour accompli , par ses pleurs limité ,
Et qui la lavera de toute impureté.
Mais celle qui toujours et charitable et pure
Eut pour loi la vertu , pour livre la nature ,
Qui servit le Seigneur , honora ses autels ,
Jouira près de lui du rang des immortels.
Tu joignis l'ame au corps pour lui servir de guide ,
Il apprit d'elle à fuir toute clarté perfide ;
Et par elle commande à tous les animaux.
Hélas ! il est comme eux l'esclave de ses maux !
Quels lieux il choisiroit pour te cacher un crime ?
Tu le verrois toujours , même au fond de l'abîme.
Son mouvement te doit ses ressorts précieux.
Pour voir l'astre du jour tu lui donnas des yeux ;
Ta main ouvrit sa bouche ainsi que ses oreilles ,
Pour entendre à la fois et chanter tes merveilles.

L'imagination ou devine ou conçoit
Les discours que sa langue et rapporte et reçoit ;
C'est ainsi qu'aujourd'hui la mienne suppliante
Décrit un abrégé de ta gloire éclatante,
Dont la branche s'étend en rameaux si divers,
Qu'un seul pourroit donner la vie à l'univers.
Créateur des humains, souffre que je rappelle
Aux enfans d'Israël ta louange fidèle.
Peut-être vais-je voir à cette vérité
L'incrédule abjurer son incrédulité ;
Peut-être recevant ma très-humble prière,
Tu vas de mes erreurs détourner ta colère.
La louange suffit pour appaiser un roi,
Et c'est par elle enfin que je m'adresse à toi.
Mais hélas ! la rougeur a couvert mon visage,
Je n'ose à tes regards me montrer davantage.
Je te vois aussi grand que je suis abaissé,
Aussi fort que mon bras est foible et délaissé,
Aussi parfait en tout que le péché m'accable ;
Je te compte à la fois grand, fort et redoutable.
Eh ! que suis-je après toi dans mon iniquité,
Qu'une langue où toujours siégea l'impureté,
Qu'un orgueilleux, un cœur tout pétri d'artifice,
Injuste, criminel, habité par le vice ;

Qu'une poussière, un ver sur qui l'on peut passer,
Une ombre que la nuit va bientôt effacer !
Voilà quelles vertus répondent pour ma vie,
Qui par un souffle, un rien, pourra m'être ravie.
Je sortis du néant et je dois y rentrer.
Eh quoi ! devant tes yeux j'ose encor me montrer !
A toi j'ose m'offrir, et mon ame est impure,
Semblable à cette affreuse et vile créature,
Qui toujours dégradée et courant vers le mal,
Vomit tous les péchés de son cœur infernal.
Grand Dieu ! rappellerai-je encore à ma pensée
De mes iniquités la carrière avancée !
Oui, de quelques erreurs présentons le miroir,
Ah ! quand je le ferois, qu'il t'en reste à savoir !
Si des eaux de la mer une goutte est tirée,
Cette mer en est-elle ou moindre ou resserrée ?
Hélas ! que mon aveu puisse appaiser ses flots !
J'exhalai contre toi d'audacieux propos ;
De mon cœur perverti rejetant les maximes,
Malheureux, je courois dans le chemin des crimes.
Mon orgueil m'éblouit et n'a rien respecté,
Mon visage toujours peignit la fausseté,
Et ma langue égarant des amis sur ma trace,
A leurs yeux fascinés colora leur disgrace ;

Mais toi me punissant de mon seul repentir,
Tu retenois ce bras prêt à m'anéantir.
O cruel souvenir dont mon ame est émue !
Où pourrai-je, grand Dieu, me soustraire à ta vue ?
Quand, enrichi par toi de biens immérités (1),
Mon cœur devint ingrat dans ses prospérités ;
Ce cœur te méconnut, toi qui créas ma vie,
Non par nécessité, mais par ta seule envie,
Dont la miséricorde a devancé mes jours,
Et qui de leur durée a soutenu le cours !
A l'ombre de ton aile, au temps de ta colère,
Je me suis rassuré sur le sein de ma mère,
Et du joug des douleurs par ta main racheté,
J'ai souffert que sur moi s'épuisât ta bonté.
De mes maux inconnus tu guéris la blessure,
Et de ceux à venir tu m'épargnas l'injure.
Sous la dent des lions prêts à me dévorer,
J'invoquai ton secours, tu sus m'en délivrer.
Eh ! que n'as-tu point fait ! Tu soutins mon enfance,
Et plus grand, tu m'appris à goûter ta science.
Si mon ingratitude attira ton courroux,
Comme un père en frappant tu ménageas tes coups.

______

(1) Immérité. — Je n'ignore pas que ce Privatif n'est pas adopté par l'Académie, et je l'ai puisé dans l'estimable Ouvrage des Privatifs de M. *Pougens*, f.° 104.

Lorsque dans mon chagrin couché sur la poussière,
Je pleurois, ta pitié releva ma misère ,
Et m'accablant encor sous le poids de tes dons ,
A mes yeux de ta foi découvris les rayons.
Je n'ai point partagé la cruelle fortune
De ceux à qui ta voix fut toujours importune ,
Qui méprisent ton nom ; et reniant tes saints ,
Cachent sous un air pur de profanes desseins :
Comme un vase rempli d'une liqueur perfide ,
Qui flatte l'odorat , dont le goût est putride.
C'est ainsi que mon cœur, abusant de tes dons ,
S'est livré de lui-même au joug des passions ,
Emporté par le cours d'une onde impétueuse :
Il implore aujourd'hui ta bonté généreuse ,
Il l'attend , et peut-être aidé de ton secours ,
Il va purifier le flambeau de ses jours.
Amortis le désir sous lequel je succombe ,
Ne hâte point mes pas vers le bord de la tombe ,
Avant que de mes jours réparant les erreurs
Du repentir enfin je ne verse les pleurs.
Nu , j'essayai mes pas à marcher sur la terre,
Nu , s'il faut retourner à ma place première,
Pourquoi de mon néant m'aurois-tu fait sortir ?
Pour pécher ! ... quand la mort m'enlève au repentir !

Mon ame , plus heureuse en la nuit éternelle ,
Ne se fût point rendue ingrate et criminelle :
L'on ne me verroit point tremblant à ton aspect ,
T'implorer à genoux d'adoucir mon arrêt.
Eh ! j'ose réclamer un jugement propice !
Que suis-je pour oser occuper ta justice ?
Qu'est l'homme en ta balance au jour du jugement !
Comment peser un souffle emporté par le vent.
Des le berceau frappé d'une douleur aigue ,
Il respire et fait vivre un chagrin qui le tue.
C'est une herbe flétrie au cours de son destin ;
Cependant je t'ai vu lui tendre encor la main.
Des cris précipités annoncent sa naissance ,
Dont la nuit et le jour voient troubler leur silence.
Aujourd'hui sur le trône et demain au tombeau ;
Fort , il ne l'est pas plus qu'au sortir du berceau :
Une épine le blesse , une feuille l'agite ,
Et s'il court après l'or , l'aigle vole moins vite.
Comme si le trépas devoit le respecter ,
Pour appaiser sa faim rien ne va lui coûter.
Rassassié de biens , le mal est son envie ;
Si le chagrin l'accable , il fait des vœux , il prie ;
Mais ses vœux exaucés , oubliant ton appui ,
Il ferme ses verroux , et la mort est chez lui.

Il

Il naît, et ne sait point quel motif l'a fait naître,
Il cherche à tout savoir et ne peut se connoître ,
De ses goûts dépravés , enfant , il suit les lois ,
Et lorsque la raison l'éclaire de sa voix ,
Naviguant au hasard sur des mers inconnues ,
Au dessus de sa tête il voit grossir les nues.
Tantôt dans les déserts sur un sable brûlant ,
Dévoré par la soif, il se traîne haletant ;
Ou cherchant un asile en quelque antre sauvage ,
Marche près des lions altérés de carnage.
« C'est assez ; je n'ai plus à former nul désir :
» Jouissons.... et la mort s'apprête à le saisir.
Dépendant du destin, esclave de la crainte ,
L'homme n'est jamais libre et vit dans la contrainte.
En sa vie un moment n'est-il point agité !
Quelque malheur l'arrache à sa tranquillité ,
Une flèche le perce ou borne sa carrière :
Tantôt parmi ses rangs il expire à la guerre ,
Ou le chagrin le ronge ou le mal le détruit.
Vieillard , de jour en jour sa tête s'affoiblit ;
A charge à tout le monde , incommode à lui-même ,
Chaque moment ressemble à son heure suprême ;
En proie aux noirs soucis , et jouet des enfans ,
Il se voit méconnu de ses propres parens.

Bientôt, lorsque la mort et ses apprêts funèbres
Escorteront ses os au séjour des ténèbres,
Quittant tous ces palais et ces lambris si beaux,
Vous le verrez, muet dans l'horreur des tombeaux,
Redevenir poussière, et tombant en ruine,
Reprendre avec le temps sa première origine.
Esclave de toi-même et des événemens,
Mortel, reviendras-tu de tes égaremens :
Hélas ! les jours sont courts et l'ouvrage est immense,
Le temps court après nous, il est peu d'espérance.
Dieu, rends-lui son espoir, pardonne ses erreurs,
Ou fais qu'il quitte au moins ce séjour sans douleurs.
Grand Dieu, de mes péchés le poids insupportable
Me force à t'implorer, prends pitié du coupable ;
De quel autre que toi puis-je espérer l'appui ?
Eh bien ! que ta bonté se déclare aujourd'hui :
Souviens-toi que mon corps, jadis vile poussière,
Fut pétri par tes mains de limon et de terre ;
Que ce corps, accablé sous le poids de ses maux,
N'a respiré toujours qu'au milieu des fléaux.
Lorsque de mes destins tu tiendras la balance,
Au poids de mes forfaits appose la souffrance,
A mon impiété, mes regrets et mes pleurs ;
Ainsi par mes vertus compense mes erreurs.

Sous le poids de ses fers mon ame est abattue ,
Elle meurt : rendons grace au chagrin qui la tue.
Qu'importe que je vive ici-bas agité ,
La mort sera pour moi mon immortalité.
Dieu , détourne de moi ce courroux si sévère ,
De l'exterminateur arrête la colère ,
Réponds-lui : c'est assez ; mon cœur sera content.
Que deviendra ce nom sur la terre éclatant ,
Lorsqu'au saint tribunal j'entendrai ma sentence ?
La plupart de mes jours sont passés en silence ,
Le reste suivra-t-il le vice ou les vertus ?
Je respire..... et demain je pourrai n'être plus.
Grand Dieu , fais que la mort ne puisse me surprendre ,
Elle ne m'a laissé qu'un moment pour attendre.
Heureux ! si mes vertus effaçant mes forfaits
Me rendoient digne un jour du prix de tes bienfaits.
Hélas ! lorsque des vers je serai la pâture ,
Pourras-tu distinguer ta foible créature.
Ouvre à mon repentir tes secours réunis ;
Rends mon cœur , tu le peux , sensible à tes avis ;
Instruis-le dans ta loi , loi sainte et fortunée ;
Purge de mes péchés l'haleine empoisonnée ,
Et relevant un jour ton temple désolé ,
Souviens-toi d'un sujet à tes biens appelé.

O mille fois heureux lorsque du sein des herbes
Je verrai s'élever ces portiques superbes,
Et les fils d'Israël, inondant ces parvis
Qui n'étoient ce matin qu'un amas de débris !
Mon Dieu, ceux dont la bouche aspire à ta clémence,
Des vertus de leur cœur font parler le silence :
Hélas ! quelles vertus parlent en ma faveur !
Mes pas ont évité le sentier de l'honneur ;
Je n'ai rien écouté que ma seule pensée,
Cesse d'appesantir une main courroucée :
Conduis-moi désormais, je te serai soumis ;
Qu'au milieu de tes saints, un jour mes yeux ravis,
Contemplant les trésors de la vie éternelle,
Inspirent ces accens à ma langue fidelle.
« Le courroux du Seigneur s'est enfin appaisé (1),
» Le pardon l'a suivi, son bras s'est reposé.
» Grand Dieu, de tes bienfaits remplissant ma mémoire
» Je mettrai mon bonheur à célébrer ta gloire.
» Mortels religieux, vous, célestes esprits,
» Elevez pour lui seul vos concerts réunis.

---

(1) Le Rabbin Salomon ne finit point son Poëme tout-à-fait
de cette manière ; la mienne m'a paru plus convenable et plus
appropriée au sujet.

» Anges, bénissez-le, célébrez sa justice ;

» Que de vos chants le ciel mille fois retentisse :

» Archanges, Chérubins ; toi, vaillant Michaël ;

» Levez-vous, annoncez au peuple d'Israël

» Que son règne s'étend sur tout ce qui respire ,

» Et qu'il est ETERNEL ainsi que son Empire ».

FIN DE LA CRÉATION.

HYMNE

TRADUIT DU MÊME AUTEUR.

Cet hymne se chante en Hébreu le jour des Prières
de Kippour.

Près du trône éternel les Archanges placés,

Enflammés et couverts d'une lame éclatante,

S'efforcent à l'envi, par leurs chants empressés,

A bénir du Seigneur la bonté renaissante,

    Et disent tous, les yeux baissés :

« C'est à lui qu'appartient et la force et la gloire;

    » A ses côtés réside la victoire ».

Les célestes Hayot sous son trône sacré,

Et les Anges ardens, revêtus de lumière,

Jour et nuit, et chacun debout sur un degré,

A leur Dieu par un hymne adressent leur prière,

    S'écriant d'un cœur pénétré :

« C'est à lui, etc.

Ici de Michaël les nombreux chariots

De l'immense univers franchissent la barrière,

Et ses vaillans soldats, pressés comme les flots,
De l'invisible voile adorent le mystère ;
    Et prosternés, disent ces mots :
« C'est à lui, etc.

Chef de la seconde aile et des postes divins,
Dont les guerriers de feu semblent n'être qu'une ame,
Gabriel, entouré de brillans Séraphins,
Et comme eux habillé d'une robe de flamme,
    Entonne des Cantiques saints :
« C'est à lui, etc.

Des Anges redoutés, soumis à Nuriel,
Les chants ont retenti dans la plaine sacrée,
Tous d'un rapide vol jusqu'au plus haut du ciel
Cherchant du Créateur la place révérée,
    Trois fois appellent l'Eternel :
« C'est à lui, etc.

Plus loin de Raphaël éclate la splendeur,
Ses cris font ébranler la céleste milice ;
Et des quatre côtés, au nom du Créateur,
Afin que de ce nom tout le ciel retentisse,
    Mille voix répondent en chœur ;
« C'est à lui, etc.

Les astres , devant toi prosternés chaque jour ,
Pour Israël mourant implorent ta clémence ;
A ce peuple chéri rends encor ton amour ,
Et les siècles futurs , pleins de reconnoissance
   Pourront répéter à leur tour :
« C'est à toi qu'appartient et la force et la gloire ;
  » A tes côtés réside la victoire.

FIN.